# 水面《みなも》のあわ

MARUMIYA Yo
丸宮 瑶

文芸社

目次

# 第一章　軌道

# 季節の音色

ぽかぽか
春が近づく音がする
雪が解けて　鳥がさえずって
桜がいっぱい咲く季節

ぎらぎら
夏が近づく音がする
波が光って　蝉が鳴いて
夜に切なくなる季節

ほくほく
秋が近づく音がする
葉っぱが染まって　虫が歌って

香ばしい薫りがする季節

ぴゅうぴゅう
冬が近づく音がする
息が白くて　鈴が響いて
春が待ち遠しくなる季節

# 空に浮かぶ綿あめ

いつかあの空に届いて
絶対あの白いもくもく
口いっぱいに食べるんだ

どんな味かな、甘いかな
触るとどんな感じかな
ふわふわしてるといいな

あれに乗って
太陽の光浴びて
お昼寝なんてしてみたいな

いろんな想像してみたけど

いつまでたっても届かない
いつの日かあれは雲なんだって
ぽかーんとしながらたぶん分かった

寂しいような悲しいような
わたしの夢は叶わない
だけどちょっぴり嬉しいような
少しだけ大人になった気がして

# 時間

カチカチカチ
長針と短針はいつでも同じ速さで進む

心がつぶれそうなほど苦しい時
時間は遅い

みんなでわいわい楽しい時
時間は早い

愛する人と過ごす時
時間は緩やか

時間の長さはみんな平等だから

1分1秒を愛せるように
今を生きていきたい

# 愛

生まれてくる前からこの胸に
抱いていたこの光で
みんなを包みたいってそう思ってた

私はちっぽけでひとりきりじゃ
何もできないと悩んでた
でも気づいた、この光で
世界を照らすことができる

この光は特別じゃない
ここにいるみんなひとりひとりの
心の中にちゃんとある

あとはその光に気付いて
自分を信じられるように

# ぐるぐるぐる

このミルクとこのコーヒーを合わせて
ぐるぐるぐる

この材料とこのソースを合わせて
ぐるぐるぐる

この空気とこの気持ちを合わせて
ぐるぐるぐる

いろんなものがぐるぐるぐるぐる
混じり合う世界で
新しくできるもの

今日は何を混ぜようかな
ぐるぐるぐるぐる

# 白と黒

白と黒
あなたとわたし
上と下
幸せと悲しみ

どちらもいないと存在できないものでこの世は溢れている

何色にも染まってしまう白
何色にも染まれない黒
何色にも染まれる白
何色にも染まらない黒

少し首を傾けてみると涙の奥に可能性が見える
どんなものにもどんなことにも
その可能性を信じたい

# 私のお金

「私のお金だから何したっていいでしょ?」

そうだけど、そうじゃない

そのお金を手にできたのは
たくさんの人が関わってくれたから

あなた一人じゃそれは絶対
どうあがいても叶わなかった

そこを理解して行動していけたら
この世界は大きく変わっていく

# 普通

自分の普通が普通じゃないって
いつの日からか気付いてた

みんなの普通が分からないって
幼心に焦ってた

絶対気付かれないように
みんなの表情をたくさん読んで
今までずっと生きてきた

普通、常識、正しさ
それって本当にいるのかな

みんなそれぞれ違うのに
なんで考えは同じなの？

毎晩毎晩悩んでも
答えは分からないままだから

今日も私は普通になって
気付かれないように溶け込んでいく

# 第二章　葛藤

# 鎧

こんな気持ちになるのなら
こんなに胸が痛むのなら
もう一生目覚めたくない

そんな思いとは裏腹に
カーテンの隙間から朝日が差し込む

私は感情を脱ぎ捨てて
理性の鎧を身につける
今日は少し日差しが強いけど
この鎧があれば大丈夫

でも本当は暑くて重くて動きづらい

いつかこの鎧を脱ぎ捨てて
軽い足取りで歩けたらいいな

# 私の居場所

こんなに世界は広いのに
どこにいても馴染めなくて
誰といても楽しめない

家に帰りたいと思っても
帰ったところで落ち着かない

私はどこにいるのかな
本当にここにいるのかな

だんだん自分さえ見えなくなって
変わらない現実に眩暈《めまい》がする

そんな時、ふと聞き慣れないメロディーが流れてくる

こんなに世界は広いから
目に見えるものなんてほんの一部だ
居場所なんていつでもどこでも
いつのまにか現れる

それは好きな音楽
それは美味しいご飯
それは爽やかな香り

居場所は誰かとじゃなくてもいい
他人は感じられないものでもいい
誰かに変だと言われても
それはきっとあなたにとって
本当に大切な支えだから

## メロディー

それは大小さまざまな空気の揺れで
目には見えないそこにあるもの
それは楽器や体などを通すことで
私たちには聴こえるようになる
それはいろんな音の連なりで
奏でられていくもの
それは悲しみや喜びや怒りなどを
文字に乗せて歌う時もある

それはこの世に溢れていて
いつでも寄り添ってくれている
言葉にならないこの思いを
私に向けて代弁してくれる
知らず知らず乾いていた心に
そっと染み渡っていく
ここに音楽があってよかった
第3のランゲージとして

# 言葉にできない

この胸のざわめき
心がここにあるって分かるほど
きゅーっと締め付けられるこの気持ち

喉の奥がつっかえて
吐き出したら少し楽になれるのに
うまくできないもどかしさで
苦しい

この胸の苦しさ
何度も込み上げてきてるのに
言葉にならないこの気持ち

郵 便 は が き

料金受取人払郵便

新宿局承認

2524

差出有効期間
2025年3月
31日まで
(切手不要)

1 6 0-8 7 9 1

1 4 1

東京都新宿区新宿1－10－1

**(株)文芸社**

愛読者カード係 行

| | | | | |
|---|---|---|---|---|
| お名前《ふりがな》 | | | 明治 大正<br>昭和 平成 年生 歳 | |
| ご住所《ふりがな》 | □□□-□□□□ | | | 性別<br>男・女 |
| お電話番号 | (書籍ご注文の際に必要です) | ご職業 | | |
| E-mail | | | | |
| ご購読雑誌(複数可) | | ご購読新聞<br>新聞 | | |

最近読んでおもしろかった本や今後、とりあげてほしいテーマをお教えください。

ご自分の研究成果や経験、お考え等を出版してみたいというお気持ちはありますか。

ある　　ない　　内容・テーマ(　　　　　　　　　　　　　　　　　)

現在完成した作品をお持ちですか。

ある　　ない　　ジャンル・原稿量(　　　　　　　　　　　　　　　　)

| | | | | |
|---|---|---|---|---|
| 書　名 | | | | |
| お買上<br>書　店 | 都道<br>府県　　市区<br>郡 | 書店名 | 書店 | |
| | | ご購入日 | 年　月　日 | |

本書をどこでお知りになりましたか?

1.書店店頭　2.知人にすすめられて　3.インターネット(サイト名　)

4.DMハガキ　5.広告、記事を見て(新聞、雑誌名　)

上の質問に関連して、ご購入の決め手となったのは?

1.タイトル　2.著者　3.内容　4.カバーデザイン　5.帯

その他ご自由にお書きください。

(　)

本書についてのご意見、ご感想をお聞かせください。

①内容について

②カバー、タイトル、帯について

弊社Webサイトからもご意見、ご感想をお寄せいただけます。

ご協力ありがとうございました。

※お寄せいただいたご意見、ご感想は新聞広告等で匿名にて使わせていただくことがあります。

※お客様の個人情報は、小社からの連絡のみに使用します。社外に提供することは一切ありません。

■書籍のご注文は、お近くの書店または、ブックサービス(0120-29-9625)、セブンネットショッピング(http://7net.omni7.jp/)にお申し込み下さい。

瞳の奥から押し出されるように
涙が溢れ出てこぼれ落ちる
理由すらも分からなくて
悲しい

# 地平線

あの地平線の先まで
走って走って走り抜いたら
全てがなくなっていたらいいのに

そこでふと思う
「あぁ地球は丸いんだった」

絶望の淵を眺めながら
今日も夢の中に堕ちていく

## 逃避行

「やっぱり今日はどうしても無理だ」
知らない地名が終点の電車に
発車ベルの音とともに飛び乗る

妙に高鳴る胸を抑えて
人がまばらな車内で
ゆっくりと腰を下ろす

何も考えず
ただ流れる景色を見る
もうすぐ空になるペットボトルを持って

そこには知らない景色が広がる

聞いたことのない動物の鳴き声
嗅いだことのない空気の香り
目にしたことのない山々の姿

無人の駅の改札を通り
ただひたすら歩き続ける

陽が傾いてきた頃
ようやくハッと我に返る
それとともに猛烈な不安が押し寄せる

駅へ戻る道を探してみたが
ここがどこなのか分からない
このまま辿り着けなかったらどうしよう
すでに充電の切れた携帯を手に
途方に暮れて座り込む

辺りが真っ暗になってきた頃
「君何してるの」
軽トラックの運転手さんから話しかけられる
「……駅まであとどれぐらいですか」
「あの道を歩いて20分ちょっとだけど」

そう教えてもらいなぜか涙が溢れてきて
勝手に足が走り出す
「気をつけろよー！」
その言葉を背中に受けながら
どんどんスピードが速くなっていく

やっぱり今日は家に帰ろう

# メトロノーム

私の心の真ん中で
同じリズムで動いてる

少し傾けると少し動く
大きく傾けると大きく動く

誰もがみんな違うメトロノームを
心の内に秘めている

何に対してどのくらい傾くかは
人によって変わるから

いいとかわるいとかじゃなくて
その傾きを受け止めたい

# 作り笑顔

なんで笑ってるか分かる？
悲しませたくないからだよ
心配させたくないからだよ

楽しくて笑ってるんじゃない
嬉しくて笑ってるんじゃない
あなたのために、そして自分のために

心の叫び声に蓋をして
自分の顔をキャンバスのように
いろんな色を塗り重ねて
美しく見えるように取り繕ってる

だけど本当はね
そんなキャンバスぶち破って
それ偽物だろってぶっ壊して
私の奥底にしまいこんだ本物の気持ちを見つけてほしい

最初はきっと泣いてばかりだけど
その涙も本当の笑顔になっていくから

# 第三章　白線

# 言葉

目に見えない強いエネルギーが
たくさん宿っているものだから
誰かに使うのがこわくて
自然とその機会をなくしてた

傷ついたり、悲しくなったり
時には立ち上がれなくなって
その存在を恐れてた

それでも心が温かくなったり
暗闇から引きずり出してくれる
そんな存在にもなるから

私は言葉がすごく好きだ

# 真　実

いろんな話や情報や
正義や嘘が入り混じる中で
正解をずっと探し続けて
そんな自分に疲れ果てる

誰かにとっては正解でも
誰かにとったらそれは間違い
だったらこれからどうしたらいいの

途方に暮れるその中で
その姿こそが真実だって
ハッといつの日か気が付いた

どんな考えの自分でもいい
きっとその迷い戸惑う姿こそ
今ここにいる財産だから

# 冬の都会の匂い

人々の足取りが心なしか忙しなくなって
洋服の袖もいつのまにか長くなっている

空がだんだんと高くなって
鳥が気持ちよさそうに飛んでいる

触ったら冷たそうな高層ビル群を通り抜けて
カラカラと音を立てながら転がる落ち葉

すーっとからだに空気が染み渡って
凛としたベールに包まれた
冬の都会の匂いがする

# 日常が芸術

隣の家のおじいちゃんがお花に水をあげている
駅前で高校生たちがなにやら楽しそうにふざけ合っている
ベビーカーを押しながら優しい笑顔で家族が話している

街に出ればよく目にする光景も
瞳のシャッターで切り取れば
なにもかもが輝いている

危ういバランスで保たれている儚い世界の
今この瞬間こそが後世に残る芸術だ

# 夕暮れ

日が斜めに落ちてきて
睫毛《まつげ》が少し風に揺れる

地面を踏みしめるその強さが
今日という一日を物語る

賑わう人の笑い声がそっと心に染み込んで
オレンジ色の空を仰ぐ

## ここにいる意味

今ここで死ねない
やらなきゃいけないことがたくさんある
他の誰かじゃなくて私じゃないといけないの
待ってろよ
そのためにここに生まれてきたんだから

もう無理だと諦めたらこの状況は変わらない
そんなの無駄だと嘆いたらこの世界は灰と散る
そうぼやいてる君の中にも
ずっとくすぶってる何かがあるだろ?

周りがあれやこれやと好き勝手言う
そんな中で私はひとり

靴紐を固く結び直して
自分だけでも行動を起こす
せっかくここにいるんだから
考えてるだけじゃ意味がないんだ

# 運命の汽笛

ポー、ポー
運命の汽笛が鳴る
ホームにごった返す人々を掻き分け
音がする方向を探す

「私はどこへ行きたいのか」
ざわつく胸を必死に抑えて
脱げる靴にすら目もくれず
力の限り走り出す

流れる汗を振り切って
大切な人の手も離して
それでも私は行かないと

ポー！　ポー！
運命の汽笛が鳴る
音が大きくなっていく
足はもう血だらけだ

「きっとこの先にあるはずだ」
確信めいた気持ちを抱いて
最後の力を振り絞る

紺色に黄色のラインが入った汽車が
出発の時を待っている
「ようやく、やっと、辿り着いた」
私は足を踏み入れる

ポーーーーーーー！

# 自由

いつも自分で自分の周りに
分厚いバリアを張っていた
そしてその向こうは
全て幻想だと思ってた

でも本当はこの世界って
ずっと広くて自由だったんだ
もっとこの世界で体験したいこと
感じたいことがたくさんある

いつでも私の思考は自由で
いつでも私の世界は自由で
どんな時でも自分次第なんだ

# 第四章　扉

# 雨上がりの朝

しとしとと夜通し雨が降る
まどろむ中で湿度の高い夢を見る

きらきらと差し込む朝日で目が覚める
ベランダでは鳥たちが笑ってる

ふとベッドから起き上がり
そっと窓を開ける

少し涼しい風が吹いて
青い香りが鼻を抜けて
心に凛と花が咲く

# 色を纏う

今日私は緑色のワンピースを着て
黄色の帽子を被る

落ち着きと嬉しさを伝えたくて
ほんわかはつらつな気持ちになる

今日私は紫色のドレスに
黒のヒールでパーティーへ

艶めきと優雅さを表したくて
強く気高い気持ちになる

色で表す私の気持ち

色で創られる私の想い
色によって変わる自分

今日あなたはどんな色を纏うの？

# 太陽からの充電

暗い部屋を抜け出して
一歩外の世界に踏み出すと
空から燦々と光が降り注いでいる

ほんのり熱い温度が
私の充電ボタンを押す

赤く点滅していた私の心が
時間とともにゆっくり満たされて
緑色に変わっていく

# 影

木々が風に揺れている
きらきらと輝く光が重なって
私の足元に影が泳ぐ

すーっと風が通り過ぎて
胸の中にあった影も
誘われるように消えていく

深呼吸して体いっぱいに
光をたくさん取りこんで
ゆっくり立ち上がり歩いていく

# 道

目の前に一本の道がある
産声を上げて目を開けてから
ずっとこの道を歩いてきた

少し歩くとある人に言われた
「この道では普通こういう服装だよ」
私は着ていた服を脱ぎ捨て、教わった通りの服を身につけた

また少し歩くとある人に言われた
「この道では普通こういう武器を持つんだよ」
私は持っていた武器を投げ捨て、教わった通りの武器を手にした

さらに少し歩くとある人に言われた

「なぜあなたはそんなに息切れしているの？」
その時にやっと、この服と武器が重すぎることに気が付いた
そのあとも少し歩くとある人に言われた
「あなたの右にも左にも道があることに気付いてる？」
その時にやっと、この道がいくつもあるうちの一つだと分かった
他の道では、見たこともない服を着たり、道具を持ちながら
華麗に軽やかに歩いてる
「私多分ずっと前から、あの服や道具を身につけたかった」
やっと見つけたその道にそっと足を踏み入れる

## 世界の連鎖

この世はたくさんの人で溢れているから
自分はちっぽけな存在だって
ここにいること分かってくれるかなって
時々急に心が震える

あまりに世界が大きくて
自分の小さな一歩では
到底変えることなんてできない
そんな絶望すら感じてた

それでもやっぱりこの世の中は
様々なことが絡まり合って
例えば隣の人にかけたほんの些細な優しさが

自分ひとりで黙々と頑張った努力が
巡り巡って遠い国に虹をかけることがある

優しさと恐れと悲しさと
怒りと喜びと不安とが
たくさんたくさん入り混じったその一歩に
勇気と責任を添えて
大地を踏みしめる必要がある

世界は自分が思っている以上に
軽やかなステップを踏んでいて
いかようにも変わっていける
想像を超えた可能性が
目の前に広がっていることを忘れないで

# 水面《みなも》のあわ

季節が変われば私も変わる
軽やかな
はつらつな
しっとりとした
深みのある足取りへと

様々な思いや表情を少しずつ重ねて
色とりどりの自分になっていく

心がちぎれるような絶望も
空へと飛んでいけそうな喜びも
ここを生きる場所に選んできたからこそ感じられる

水面《みなも》のあわのような道のりでも
わたしは一瞬いっしゅんを愛したい
ここに来てよかったと思えるように
みんなが自分らしく過ごせる場所になるように

一度きりのわたしから一度きりのあなたへと
どんな瞬間も抱きしめたくなる素敵な旅となりますように

# あとがき

まずは、詩集『水面《みなも》のあわ』を手に取り最後まで読んでくださった皆さま、本当にありがとうございます。

今回初めて本を出す機会をいただき慣れないことも多くありましたが、それ以上に、自分の中にある思いを言葉にして目の前に紡いでいく過程が新鮮で楽しかったです。そして、時には苦しくなりながらも自分とより深く向き合うことができました。このような時間に恵まれたことを嬉しく思います。

私は、この地球に溢れている素敵で美しいものを見たり感じたりすることが好きで、あとがきを書いている今は、冬から春に移り変わっていく季節の香りに胸が躍ります。この本には、今まで感じてきたことを作品にしたものもあれば、今回執筆するにあたって街に繰りだし、新たに感じたことを作品にしたものもあります。これからも、自分なりの視点と感性で、いろんな素敵で美しいものを感じて楽しんでいきたいです。

私は今までの人生で、ひとりでは耐えられない苦しい状況になったことが何度かあります。そのようなときいつも、家族や友人、歌や音楽やダンス、本や動画やドラマ、アニメ、ゲームなど、多くの人やものに救われてきました。苦しいとき、多くのセーフティネットを持っておくことで心が楽になります。この本を読んでくださったどなたかひとりにでも、私の詩のどれかひとつでも、そのようなセーフティネットになれたら、出版して本当に良かったとそう思います。

最後に、出版企画部の岩田さん、編集部の伊藤さんには大変お世話になりました。そして、詩集『水面《みなも》のあわ』が読者の皆さまの手に届くまで力を貸してくださったすべての方に感謝いたします。ありがとうございました。

令和五年　早春

丸宮　瑶

**著者プロフィール**

**丸宮 瑶**（まるみや よう）

1994年生まれ
宮城県出身

※執筆に際し以下ウエブサイトを参照させていただきました。
https://blog.btrax.com/jp/color/

**水面《みなも》のあわ**

2023年7月14日　初版第1刷発行

著　者　丸宮 瑶
発行者　瓜谷 綱延
発行所　株式会社文芸社
〒160-0022　東京都新宿区新宿1－10－1
電話　03-5369-3060（代表）
03-5369-2299（販売）

印刷所　図書印刷株式会社


ISBN978-4-286-29011-9